# 丁宁

民国海派文化经典 · 刘大白

Classics *of* Shanghai Culture

刘大白 著

上海科学技术文献出版社
Shanghai Scientific and Technological Literature Press

**图书在版编目（CIP）数据**

丁宁 / 刘大白著．—上海：上海科学技术文献出版社，2018

（民国海派文化经典）

ISBN 978-7-5439-7710-5

Ⅰ．①丁… Ⅱ．①刘… Ⅲ．①诗集—中国—现代 Ⅳ．①I226

中国版本图书馆 CIP 数据核字 (2018) 第 162595 号

---

选题策划：张　树
责任编辑：贾素慧
封面设计：周　婧

---

丁　宁
DING NING
刘大白　著
出版发行：上海科学技术文献出版社
地　　址：上海市长乐路 746 号
邮政编码：200040
经　　销：全国新华书店
印　　刷：常熟市人民印刷有限公司
开　　本：850×1168　1/32
印　　张：7.25
版　　次：2018 年 9 月第 1 版　2018 年 9 月第 1 次印刷
书　　号：ISBN 978-7-5439-7710-5
定　　价：70.00 元
http://www.sstlp.com

# 出版說明

經典文化，歷久不衰的典範之作。民国海派經典文化書系輯錄中國二十世紀二三十年代的經典著作二十七種，內容涉及詩歌、散文、小說等，如戴望舒《望舒草》《我底記憶》、邵洵美《詩二十五首》《天堂與五月》、陳夢家《夢家詩集》《鐵馬集》、劉大白《秋之淚》、周瘦鵑《紫羅蘭集》、章衣萍《寄兒童們》《隨筆三種》、郁達夫《屐痕處處》《春風沉醉的晚上》、穆時英《南北極》《白金的女體塑像》《交流》、丘東平《紅花地之守禦》、蔣光慈《衝出雲圍的月亮》等，都是具有典範性的傳世佳作。

中國文化，源遠流長。晚近以來，中西文化激蕩，上海是融匯中外文明的樞紐，民國時期大批文化精英彙聚滬上，中西合璧、古今交融，孕育了獨具特色、海納百川的海派文化，留下了豐厚的文化遺產。

民國海派文化經典書系，以館藏民國珍本原版影印，精裝製作，益于讀者閱讀賞析、研究庋藏。此叢書以更加普及的方式便於讀者重溫經典，使一批市面難覓之珍貴刊本進入了普通大眾的視野。

我們致力於優秀文化的發展傳承，出版事業，精益求精，永無止境。我們期待廣大讀者不吝指教，提出寶貴意見，從而更好地滿足讀者的需求，更好地為讀者服務。

編者

二〇一八年七月

# 丁寧

劉大白作

上海開明書店發行

# 丁寧

劉大白著

開明書店

# 目錄

# 丁寧之輩

# 盼月

我天天盼月華！
我天天盼月華！
不盼甚麼瓊樓玉宇，
不盼甚麼僊兔靈蟾，
總爲你比日黯幽，
　比星卻朗，
光明還大！

*

挨過了黑曹騰的月盡夜：

到初三才像個鉤兒掛；
到十三算像個毬兒賽；
到廿三又像個弓兒卸
你怎圓得這麼難，
　　缺得這麼快？
眞美滿的光明沒幾時，
長教我心兒怕……怕也！

*

咳，這還怪我底因循苟且，
　　眞也難怪你呢！
要光明怎靠人家，
我自家造一盞長明的燈兒來代你吧！

一九一九，六，一九，在杭州。

# 救命

一個活跳的人，
掉下在一眼深深的井。
井裏面又黑暗，
　又潮溼，
　又冰冷。
跳是跳不出，
活也活不成，
沒奈何大聲地喊「救命」！

*

旁人聽了他『救命』的喊聲，
趕緊地掛下一條長繩，
叫他雙手牽著繩頭兒上升！
『喂，朋友！
你要活命，
你要自己起勁』！

*

呼！呼!!呼!!!扯……
扯了一個空。
不知是他底手兒不動，
還是牽得太鬆？
『喂，朋友！

你要是不起勁呵……
單靠著我底起勁，
一點兒也不中用』！

一九一九，八，一，在杭州。

# 雪

雪！
你下來做甚麼？
你不是說：
『這世界太黑暗了，
我下來給它明白點』嗎？
哼，憑你裝得很像，
無非是表面的幌子，
暫時的現狀！
等到那眞正的光明一放，

你底惰性發作了，
一霎時現了流水底原形，
還不是和沒有下來一樣！

一九一九，一二，二五，在杭州。

## 這沈吟……爲甚？

桌面平平地鋪著雪白的箋兒，
筆尖飽飽地醮著漆黑的墨兒，
待子細地商量著，
怎地描摹得出我這一顆玲瓏的心兒。
剛提起筆的當兒，
驀地裏一會子沈吟；——
呀！這沈吟……爲甚？

*

爐裏慢慢地焚著旋渦卷的香兒，

杯中淺淺地泛著落日般的酒兒，
待從容地斟酌著，
怎地溫存得轉我這一顆冷落的心兒。
剛端起杯的當兒，
驀地裏一會子沈吟；——
呀！這沈吟……爲甚？

*

呀！驀擡頭月在天心，
驀低頭花在庭心。
且起去，徘徊月下，
徙倚花陰，
驀地裏又是一會子沈吟；——

呀！這沈吟……爲甚？

*

怎地有圓哪缺哪？
月！你也許沈吟？
怎地有開哪謝哪？
花！你也許沈吟？
就算月也沈吟，
　花也沈吟，
這都是月和花底沈吟。
到底我這沈吟……爲甚？
參得透這沈吟……爲甚，
也許就虛空粉碎，

大地平沈！

一九二〇，五，二五，在杭州。

# 燕子去了

燕子，
你去了！
是你去的時候了！
你來的時候，
我沒有邀你；
你去的時候，
我也沒有留你。
來來去去，
原是你底自由；

你又何必呢呢喃喃含含糊糊地說：

『走了走了』！

一九二〇，五，三一，在杭州。

# 月夜

薄薄的一片紗也似的輕雲，
鬆鬆地籠著一顆珠也似的明月。
她怎地懶懶地羞也似地不出來，
抛撇了她管領的悄悄地睡也似的靜夜？
遠遠地隱隱約約嗚嗚咽咽地乙……五……合……乙……
一縷洞簫聲，
一抑一揚一揚一抑地被陰雲壓下了，
吹不破鬱幽杳靄的黃昏。
分付它莫留戀著樓頭欄底，

好煩那拂拂的微風扶起，
反反覆覆地飛上雲端，
捧出那珠也似的明月，
彷彿和她接吻！

＊

月也不羞了，
夜也醒了，
雲也沒意思了，
簫也不作聲了；
只有那拂拂的微風。
還在那兒鼓舞那水底的雲影月影。

一九二〇，六，一，在杭州。

## 舟行晚霽所見

點點滴滴地敲篷雨過了，
自起推篷，
領略那雲水雙清的淺涼初夜：
西邊雲際，
一道暗虹微缺；
東邊水底，
一片流光明滅；
搖曳著一抹淡墨似的浮雲，
吞吐著一丸水精似的明月。

波平也，
一奩冰鏡似地嵌著；
波皺也，
一顆雪毬似地轉著；
風徐徐也，
一串聯珠似地攢著；
風緊緊也，
一叢碎金似地閃著。

*

有的說：
『這是畫工不染塵埃的淸景』；
有的說：

『這是詩人不食煙火的靈境』；
有的說：
『這是哲學家劃分眞妄的玄機，
科學家剖析色光的實證』：
是耶非耶？——
無非因緣會合的幻影！

＊

擡眼望天東，
別錯認那雲移，
作它月動！
它無量的光明，
正靜靜地朗照虛空，

絕不受那風波底簸弄。
願它明月印入我心中，
照斷那無始以來的無明業種！
願我心融入它明月中，
照破那無盡衆生底生死迷夢！

一九二〇，六，三，在紹興曹娥道中。

## 立秋日病裏口占

西風拂拂忽相過，
一縷新涼襲被窩；
落葉聲低偏到耳，
立秋消息病中多！

一九二〇，八，八，在杭州。

# 問西風

西風，
你送了些涼來，
趕了些暑去，
你底事算完了嗎？

*

窗前這許多落葉，
原都是你作踐的。
作踐下來也罷了，
怎還把它洗洗沙沙切切売売地亂轉著玩？

*

梁間的一雙燕子，
已經行色匆匆了。
留它倆不住，
你打算送它倆到甚麼地方？

*

你可能領會我底密意，
飛到菊花底魂那兒，
告訴她，
「早點兒放」？

*

牆陰石罅，

唧唧……唧唧唧……咽斷涼露的蟲聲，
雲端月下，
剛啊……剛啊……叫破長空的雁聲：
你怎地都送到我枕上來？

*

你去年來的時候，
給揹了場病來，
一年來累得我好苦！
如今你又來了，
不該仍給揹了去嗎？

一九二〇，八，一四，在杭州。

# 促織

一番雨過一番涼，
四面蟲聲比雨狂；
促織何須忙促織，
有人袖手看縫裳！

一九二〇，九，一五，在浙江病院。

# 愛

如其你願長住在我底愛裏，
我用我滿心的愛底神光，籠罩著你。
吾愛，你只在我底愛裏，你只受我底籠罩！
我心裏的密眼，看你浴著光波舞蹈。

＊

如其你願長住在我底愛裏，
我用我滿心的愛底妙樂，供養著你。
吾愛，你只在我底愛裏，你只受我底供養！
我心裏的密耳，聽你和著樂聲歌唱。

*

如其你願長住在我底愛裏，
我用我滿心的愛底鮮花，擁護著你。
吾愛，你只在我底愛裏，你只受我底擁護！
我心裏的密鼻，聞你含著花香吞吐。

*

如其你願長住在我底愛裏，
我用我滿心的愛底鹽泉，霑潤著你。
吾愛，你只在我底愛裏，你只受我底霑潤！
我心裏的密舌，合你漱著泉珠交吻。

*

如其你願長住在我底愛裏，

我用我滿心的愛底醇酒，醺醉著你。
吾愛，你只在我底愛裏，你只受我底醺醉！
我心裏的密身，伴你擁著酒雲齊睡。

*

如其你願長住在我底愛裏，
我用我滿心的愛底迅雷，攝引著你。
吾愛，你只在我底愛裏，你只受我底攝引！
我心裏的密意，和你感著雷流互印。

*

倘使你不願呢，
吾愛，憑你蹂躪了我底心，我不能粉碎了我底愛。——
我就粉碎了我底愛，這粉碎了的，還是永遠和宇宙同在。

一九二〇，一〇，一，在杭州。

# 心印

過來啊，吾愛！
你試把你底眼，覷著我底胸！
我底心，畫也似地在你底眼前掛著。
但越是不祕密的心畫，也許越不是你底眼能見。

*

過來啊，吾愛！
你試把你底耳，貼著我底胸！
我底心，樂也似地在你底耳邊奏著。
但越是不祕密的心樂，也許越不是你底耳能聽。

過來啊，吾愛！
你試把你底鼻，嗅著我底胸！
我底心，香也似地在你底鼻端熏著。
但越是不祕密的心香，也許越不是你底鼻能聞。

*

過來啊，吾愛！
你試把你底舌，舔著我底胸！
我底心，蜜也似地在你底舌尖抹著。
但越是不祕密的心蜜，也許越不是你底舌能嘗。

*

過來啊，吾愛！

你試把你底身，偎著我底胸！
我底心，花也似地在你底身旁開著。
但越是不祕密的心花，也許越不是你底身能觸。

*

告訴你，吾愛！
這不是你不能，這是你五根底不靈。
你別用你底眼耳鼻舌身呀！
你只用你底心！
告訴你，吾愛！
只有心和心，才能交羅地互印。

一九二〇，一〇，二，在杭州。

# 丁寧（一）

一聲去也，
又是一番鄭重丁寧。
你那樣的鄭重丁寧，
要不是我底心，有誰能聽？

*

我靜靜地斂著我底心，
翕受你那一聲聲的鄭重丁寧。
我心裏同時起了一聲聲的回聲，
和你那鄭重丁寧，一聲聲地相應。

*

我知道你也正靜靜地做著你底心，
翕受我這一聲聲的鄭重丁寧底回聲。
你心裏也一定同時起了一聲聲的回聲底回聲，
和我這鄭重丁寧底回聲，一聲聲地互證。

*

誰底丁寧？誰底回聲？
幾番往復，紛紛紜紜地交互得不分明。
分明，就只一個丁寧，起了無數的回聲；
這無數的回聲，就只兩個鏡也似的心靈裏的重重影。

*

從這重重影裏，

證明那兩個心靈，就只一個心靈。
所以你那樣的鄭重丁寧，我這樣的鄭重丁寧底回聲，
除是我和你底心，沒誰能聽！

一九二〇，一〇，一一，在杭州。

## 丁寧（二）

聽！聽！！
丁寧！鄭重丁寧！！
這是你心裏的音樂，
琤琤瑽瑽的無絃的琴聲。

*

聽！聽！！
丁寧！鄭重丁寧！！
這是你心裏的飛瀑，
琤琤瑽瑽的不涸的泉聲。

*

聽！聽！！
丁寧！鄭重丁寧！！
誰拈著花，誰指著月，
作你那鄭重丁寧底憑證？

*

聽！聽！！
丁寧！鄭重丁寧！！
就拈著花，就指著月，
也作不了你那鄭重丁寧底憑證。

*

一丁寧就無從證明，

越丁寧越無從證明。
分明，各有各的密證，
你也無庸鄭重丁寧，我也無庸聽！

一九二〇，一〇，一二，在杭州。

# 秋深了

秋漸漸地深了！
我底病也漸漸地和秋同深了！
我很有不耐煩病的心，
病難道沒有不耐煩我的心嗎？

*

忙作成我底病；
病作成我底閒；
閒作成我底懶；
懶作成我底靜。

*

靜是病底結果；
靜又是病底轉機。
只有一個靜，
萬病都能醫。

*

怎地才是靜呢？——
磨墨也似地漸漸地把病消磨了。
我不要不耐煩病，
病自然會不耐煩我了。

*

病不耐煩我了！

秋也不耐煩這個節序了！

秋漸漸地去了！

我底病也漸漸地和秋同去了！

一九二〇，一〇，一三，在杭州。

# 月蝕

要是月不愛我，
　她爲甚背上枕頭來，縱體投懷地和我接吻？
要是月眞愛我，
　她爲甚才上枕頭來，就一閃身兒向西遯？
要是月眞不愛我，
　她爲甚幾回拋撇，——又幾回親近？
也許她：
　永伴著我也——怕身兒不穩；
　永別了我也——又心兒不忍：

就那麼萬轉千迴，
　教人愛，——又教人恨。
恨她也——
　圓少缺時多，等得人焦悶；
愛她也——
　一月一回圓，不是無憑準。

*

但今夜正在盤圓的時候，
　爲甚躲入娘懷，把她底容光全隱？
莫不是無端地害起羞來，
　怕教人細認？——
像她那煥發的容光，

就教人細認也不打緊。
也許她多事的阿娘，
怪她不十分拘謹；
驀地裏翻身攔住，
強將她嚴遮密禁；——
這小劫橫遭，
她也逃不了這不自由的一瞬。
也許她愛和娘一晌溫存，
做出那女孩兒底身分；
爭自由也，
要阿娘悄悄地應承，默默地允；
撒嬌癡倒在娘懷裏，

也顧不得旁人說憨道蠢。
不管她羞也罷，刼也罷，嬌癡也罷，
總覺她宛轉纏綿，動人憐得很！
只一霎時容光如舊，
仍照徹一片愛她心，把恨她心消除盡。
但是她也許愛我，——也許不愛我，
畢竟是一個疑問。

一九二〇，一〇，二七，在杭州。

# 病院裏雨後看吳山

一潮潮的秋雨，
洗卻一些些的殘暑。
最容易覺到被薄衣單，
這病怯怯的身軀，恰作了涼重秋深的憑據。

*

掛起疏簾，靠著軟枕，坐看吳山第一峯頭：
正一疊疊的溼雲，擁著一叉叉的禿樹；
更一陣陣的西風，捲起一片片的落葉；
伴著一閃閃的歸鴉，一齊飛舞。

*

這些景物，

爲甚地把秋容刻意描摹？

那憔悴的秋容，彷彿是天底病容；

教我這病人看了，怎禁得住！

*

待不看吧，——

卻又強撩病眼，沒來由地不許。

由它不許，——

把它寫入詩中，作那驅遣病魔慰藉病懷的清供，

卻也不由它作主。

一九二〇，一〇，三〇，在杭州浙江病院。

# 一座大山

人們，
別妄想了！
你們對於當前的一座大山，
想明瞭它底眞相？

*

左把影兒攝；
右把畫兒描；
東邊隔著管兒觀；
西邊藏著色眼鏡兒瞧。

＊

你說你底眞；
我說我底準。
眞煞準煞也不過是零零碎碎的斷片，
何曾認識它底囫圇！

＊

你們對於當前的一座大山，
想明瞭它底眞相？
人們，
別妄想了！

一九二〇，一一，五，在杭州。

# 黃昏

青山一髮，
斜陽一抹，
算值得憑欄一瞬。
這有限的斜陽，
一寸一寸地向西褪，
一寸一寸地和黃昏近。

*

斜陽，
你讓黃昏來占領了這世界；

我卻又來占領了這黃昏。
這祕密的黃昏，
一霎時吞了斜陽，
又一霎時吐了明月；
她雖沒光明，
卻彷彿懷著光明底姙。

*

明月還沒吐，
斜陽已經吞了；
就這一霎時祕密的黃昏，
卻也值得無人獨自，一晌溫存。

一九二〇，一一，二三，在杭州。

## 『兩個老鼠擡了一個夢』（一）

孩子說：

『母親，我昨兒晚上做了一個夢；現在卻有點記不起來，迷迷濛濛了』。

母親笑著說：

『兩個老鼠擡了一個夢』？

*

老鼠怎麼能擡夢？

夢怎麼擡法？

老鼠擡了夢去做甚麼？

這不是夢中說夢的夢話？

＊

不是夢話哪，——
她怎地記不起夢來？
那夢上哪兒去了，
要不是老鼠把夢擡？

＊

那老鼠剛擡了夢跑，
驀地裏來了一頭貓；
那老鼠嚇了一跳，
這夢就跌得粉碎地沒處找。

＊

哦，我知道了！
我們做過的夢，都上哪兒去了！
原來都被貓兒嚇跑了擡夫，
跌碎得沒找處了！

*

（註）「兩個老鼠擡了一個夢」，是紹興諺語。小孩子說夢的時候，母親常常這樣說。

一九二〇，一一，二九，在杭州。

## 『兩個老鼠撞了一個夢』(二)

『兩個老鼠撞了一個夢』。
告訴你們：
『我這夢兒很鄭重，
好好地撞著，往她那兒送』！
她也正在找夢哪，
瞧啊！她那入夢的機關在動。

*

她底夢絲，電也似地恰好和送過去的夢絲一碰，
我和她就兩夢相通。

我在她底夢中；
她也在我底夢中；
我底夢就是她底夢。
我們倆在夢裏相逢，
虧煞這兩個擡夢的勞工！

*

謝謝這兩個擡夢的勞工：
『謝謝你們把夢兒擡得穩，接得攏！
願你們常常地給我們擡了夢來——朦朧！
別給我們擡了夢去——惺忪』！

一九二〇，一一，二九，在杭州。

# 姻緣——愛

「父母之命，媒妁之言」的舊式婚姻，當然沒有祝賀謳歌的價值。但是社會底制度，不能立改；歷史底成案，不能盡翻；人情底應酬，不能驟廢：這也是現社會給我們的苦痛底一種。我底朋友某君，因爲應酬的緣故，要我代做賀新婚的新詩。我再三搆思，覺得實在無話可說；不得已，只有祝他們從東方式的「姻緣」，到西方式的「愛」吧！

一個老頭子，
一手撿著簿，
一手牽著繩，

這是東方式的月下老人。
一個小娃子，
一手張著弓，
一手搭著箭，
這是西方式的愛神。

*

只是老頭子底繩，
繫住了你們倆底足，
算是姻緣注定了；
要待小娃子底箭，
射中了你們倆底心，
才發生那愛情底感應。

*

今兒以前，
不過服從了老頭子管領的權威；
今兒以後，
好打算領略那小娃子作成的滋味。
小娃子說：
『姻緣——愛，
今兒辦個交代。
老頭子，多謝你給我造成了注射愛情的機會，
好請你「功成者退」——！

*

拉來老頭子手上的繩，

借綳了小娃子手上的弓；
願你們倆齊儆著懷，
歡迎那小娃子一箭當胸的命中！

一九二〇，一二，一七，在杭州。

# 夜坐憶故鄉老梅

寂寂的冬夜，
微溫的天氣，
偶然獨坐無眠，
似有若無的一縷幽香撲鼻。
哦，彷彿梅花開了，
教我驀然記起。

*

驀然記起，
故鄉矮屋簷前，

老梅一樹，
許正是開花時節。
二十年前：
我愛她恰恰地和我同高，
曾幾度隔著紙窗，
把她描寫：
更幾回呵凍揮毫，
　挑燈展卷，
總虧她伴著我同度這獨坐無眠的冬夜。
*
而今一別十年，——
這十年中，

也常常從百里千里萬里外，
探她消息。
聽說她比從前高了；
但舊時描寫的勁幹槎枒，
還覺得宛然眼底。
呀，今夜這一縷幽香，
也許她正在開花，
驀然記起這五百里外一別十年的故人，
和我互通呼吸！

一九二〇，一，一九，在上海。

# 一樣的雞叫

鄉村的雞叫，
催人們起早；
城市的雞叫，
催人們睡覺：
一樣的雞叫，
兩樣的功效。

*

作樂的人們，
要雞叫得越遲越妙；

操勞的人們，
要雞叫得越早越好：
一樣的雞叫，
兩樣的計較。

*

還有些精神衰弱的人們，
不論在城市，在鄉村，
作樂操勞，
都沒他底分。
只暮暮朝朝，
自尋煩惱：
晚上也睡不著覺；

早上也起不來早：
雞叫底遲遲早早，
甚麼都講不到。
但覺得一樣的雞叫，
在他們卻彷彿接到了『生命又縮短一節了』的警告。

*

雞兒高高地叫道：
『高高地叫，高高地叫，
我叫慣了，只管高高地叫。
甚麼功效，
甚麼計較，
甚麼警告，

各管各底感覺啊，
我一概管不了』！

一九二一，一，二一，在上海。

# 看牡丹底唐花

如此風勁霜嚴，
分明不是你開花的節序。
就不甘遲暮，——
也何妨忍到春滿人間，
讓萬紫千紅，
一齊擁護？
爲甚地不管葉禿枝枯，
要先期苞舒蕊吐？
太難堪了，——

算贏得那看花人一聲『何苦』！

*

牡丹說：

『我明知不合時宜；
就那些蠟梅水仙，
我也羞與她們爲伍。
都是那無賴的園丁，
一味地朝烘夕焙，
教我再禁不住。
慚愧也我這花王，
到此也不由自主』！

唉，險啊；
你看這沒主意的花王，
竟捨得身居爐火上；——
就作成一瞬的繁華，
也難免一念的熱中，
一生的貽誤！

一九二一，一，二五，在上海。

# 看盆栽的千葉紅梅

幾道金屬的細絲，
牽絆著一樹千葉的紅梅；
強將她整齊屈曲，
消滅了零亂參差底美。
倘教她長住空山，
　孤芳自賞，
也何曾不十分名貴！

*

蕭疏是她底天然。

偏強是她底個性；
爲甚地惡作劇的園丁，
定要顯他那摧殘個性，戕賊天然的本領？
如今，就繡幕遮攔，
　銀盆供養，
也只增她底不幸！

一九二一，一，二五，在上海。

# 寂寞（一）

向空山獨自登臨，
上絕頂峯頭小坐；
四顧無人，
是入山的寂寞。

*

乘長風，破萬里浪。
任一葉孤舟掀播；
四顧無人，
是浮海的寂寞。

*

排空御氣，天際孤飛，
只腳底烟雲過；
四顧無人，
是航空的寂寞。

*

這些寂寞，
都因爲四顧無人，
只剩了我一個；
但萬人如海的市廛中，
又何曾有人，
肯伴著這無聊我？

一九二一，一，二七，在上海。

## 寂寞（二）

人群外的寂寞，
就得不到人底慰藉，
也許得到了人以外的慰藉。
你看那圍繞著我的自然，
是怎樣的親熱！

*

人群中的寂寞，
儘管萬人如海，
又誰是我底慰藉者？

別說沒人慰藉，——
就有人慰藉，
又何曾把我這寂寞底根源了解？

＊

這些無聊的慰藉，
不但和我底寂寞一些無涉；
也許雪上加霜似的，
越慰藉越教人不愜！

＊

要消除寂寞，
要得到眞的慰藉；
到不如跳出人羣，

和自然密接。
你看這燈火千家，
　笙歌十里，
怎及得那江上清風，
　山間明月？

一九二一，一，二八，在上海。

# 寂寞(三)

有人說：
『人之相知，貴相知心』。
有人說：
『人生難得知己』。
有人說：
『人固不易知，
知人正自不易』。

*

晐！要沒『他心通』，

要相知從何知起？
旣不是超人，
人和人決沒有相知的理。

*

也許同聲相應，
　同氣相求，
多少有幾分默契；
但心源深處，
就相知也不能澈底。

*

人和人是相對的神祕；
心和心彷彿是不能相重的立體。

慰藉也，無非隔膜，
又何怪人群中寂寞無比？

一九二一，一，二九，在上海。

# 寂寞（四）

無始終的長宙裏，
佔了極短的一節；
『前不見古人，
後不見來者』！

＊

無邊際的大宇裏，
佔了極微的一點；
『不如意事常八九，
可與言人無二三』！

*

時間上沒有交通的軌道，
生生地把往古來今隔絕；
剩幾個並世的寥寥朋舊，
又難免生離死別！

*

也並非自詡孤高，
但覺得這微塵似的浮生，
在宇宙間羈棲飄泊；
只獨自俯仰沈吟，
　縱橫歷覽，
哪得不教人寂寞！

一九二一，一，三〇，在上海。

# 送竈

千千萬萬的爆仗聲裏，
送千千萬萬的竈神上路。
年頭到年尾，
虧祂管了一年廚。
送祂上路，
請祂喫頓好菜蔬。

*

米是農夫種，廚子淘的；
柴是樵夫斫，廚子燒的；

一切葷腥蔬菜是勞工供給，廚子烹調的。
偏是𩲡這一事不幹的，
喫這些好東道。

竈神說：
『我何嘗喫哪！
不過這麼擺了一擺。
受用的還是主人家，
我卻沒來由地挨罵。
「不勞動的不得喫」，
你也別空談這話』！

一九二一，一，三一，在上海。

# 車中人語

汽笛嗚嗚地叫著，
車輪毗劉暴樂地轉著，
玻璃窗乒乒乓乓地震著，
隔座的客人，夾七夾八地談著。

*

「你瞧！不得了！
這不是……的預兆！
一班時髦的婦女，
都穿起旗袍來了！

*

「你別說婦女底服飾，
關係很小！
我看張……沒得大總統做，
一定就要……」。

*

「去年過年，
一隻漢玉的鐲子，賣了三百塊錢；
今年過年，
一隻乾隆窰的瓶，想賣一千！
但是今天離除夕，不過三天，
要是賣不去，怎地過年！

*

『去年收成好，
米價賤，
一千畝的田租，
不夠我過年！
今年米價貴，
收成歉，
一千畝的田租，
還是不夠敷衍！
過年過年，
實在過得討厭』！

*

『三等車，
擠得慌！
頭二等，
疏朗朗地很寬敞！
要沒有三等車底擠，
頭二等哪來的福享』！

*

車到了，叫脚夫：
『拿東西！
這是貴重的，
要子細！
要是碰壞了，

你這窮骨頭，哪里賠得起』！

*

『是的！
我這窮骨頭，哪里賠得起！
既是貴重的，
要子細；
叫我拿甚麼東西？
還是你先生自己……』！

一九二一，二，五，在滬杭車上。

# 捉迷藏

捉迷藏，捉迷藏，
大家蒙著眼睛往前闖。
一對對，一雙雙，
穿梭也似地來來往往。
不管他——
　哥哥瘦，妹妹胖，
姊姊短，弟弟長；
不管他——
哥哥黑，姊姊黃，

妹妹白，弟弟蒼。
用不著描摹想像，
容不得計較商量。
只許你闖來闖去，誤打誤撞；
捉住了，就算是花花對，葉葉當。
要是哥哥弟弟姊姊妹妹們底愛的迷藏，也是這樣，
那才算得至高無上！

一九二一，二，九，在杭州。

# 一幅神祕的謎圖

心啊！
我把你放在哪兒？——
最好是團圓的月裏。

*

月啊！
我把你放在哪兒？——
最好是纏縣的雲裏。

*

雲啊！

我把你放在哪兒？——
最好是輕空的水裏。

*

水啊！
我把你放在哪兒？——
最好是惺鬆的眼裏。

*

果然，心在月裏，
月在雲裏，
雲在水裏，
水在眼裏，
這畫圖多麼神祕！

．

一幅神祕的畫圖，
從空中攝到眼底；
更從眼底映到心頭，
添上了一個心坎上溫存著的她，反射入團圓的月裏。
心光和月光，
一齊照徹那她底剔透玲瓏的心地．

一九二一，二，一二，在杭州。

# 在湖濱公園看人放輕氣泡兒

不過這一點點很渺小的身軀，
虧它也知道向上向上……向上去！
誰給它扶上青雲路？——
無非仗著東風，拂拂地吹噓，微微地擡舉。
算無限高寒空闊處，
由得它從容飛舞；
但要向空中立足，
到底苦無根據。
況無定的風信，也許無端翻覆；

一瞬間憑空壓下，就難免墮落泥塗，萬劫不復。

*

咳！何苦！
不能努力上前途，
只一味地隨人仰，又隨人俯！
如此起伏升沈，不由自主；
就一霎凌虛，
畢竟不怎麼靠得住！

一九二一，二，一四，在杭州。

# 愁和憂底新領土

古人爲甚麼要「寄愁天上，埋憂地下」？——
許爲的愁和憂，早全占了天以下地以上。
那麼，滿腔的愁和憂，除了天以上地以下，
天地間直沒處安放。

*

但如今是愁焰燒天，憂流瀉地，薰徹了沁透了上上下
下，
更從何處去「寄」和「埋」？
愁呀！憂呀！你們底新領土，

也許更在天地外。

一一二一，二，一七，在杭州。

# 春問（一）

都說春來了，
究竟春在哪兒？——
你看梅花都開了，
就這綠蕚紅苞，還不夠把春光認識？

哦！
原來春來了，——如此。
但我還要問，
今年的春，還是去年的春不是？

一九二一，二，一九，在杭州。

# 春問（二）

春！你底工作——怎樣？
枯的榮了，
禿的萌了，
算青青綠綠紫紫紅紅黃黃白白，作成些枝枝葉葉草草花花，把水水山山村村堡堡，渲染得嬌嬌滴滴，打扮得齊齊整整。
但你怎地把那些游人都弄得醉醺醺的，
越是黃蜂紫蝶翠鳩青蛙，無夜無明地歌著舞著鼓吹著，越不肯醒來？

憑你那樣的暖日和風，怎還溫不轉我心地上的十分冷？

一九二一，二，二〇，在杭州。

## 春問（三）

才來。

你又打算去了？

告訴我，你底去路！你那準備著走的去路！

送你去的照例是風風雨雨；

這風風雨雨裏，又夾雜著落紅無數。

咳！你難道定要犧牲了你底成績，作臨行的餞肴贐品，

你才滿足？

一九二一，二，二一，在杭州。

# 春問（四）

春！你在哪兒？
水裏嗎？——
不過暖了些，何曾有你底影子？
山上嗎？——
不過黯了些，難道是你底丰姿？
樹頭草縫嗎？——
不過帶了些青碧黃白紅紫，又怎算得你底妝飾？
說你不是這些，
此外有甚麼形質？

說你就是這些，
又誰信不過如此？
究竟你底眞面目，
該怎樣地教人認識？

一九二一，三，九，在杭州。

# 一顆露珠兒

曉色催人起，向小園徐步，探一樹櫻桃開未。
哪！東向的一朵半開花，微微地舒著一瓣。
那一瓣的尖上，正垂著一顆露珠兒，顫巍巍地欲滴
——將滴——未滴。
這一瞬間，就神女底明珠，也沒這麼香圓朗潔！

*

一抹未散的朝霞，半輪初升的旭日，齊放著美麗的晨
光，遙射到花瓣尖上，和花光折合，反映入這香圓
朗潔的露珠兒，在這一瞬間顯出種種變幻不定的顏

色。

欲滴——將滴——滴……一轉一閃……一閃一變……紅橙黃綠青藍紫七色齊現，都在這一瞬間；一瞬間——不見。

怎地不見？——是樹下的香泥，張著渴吻，把來吞了！

咳！泥呀！你吐還我這一顆香圓朗潔，明珠不及的露珠兒呀！

一九二一，二，二三，在濟山。

# 春風吹鬢影

春風！你爲甚吹動她底雙鬢？
她底鬢亂了，
我底心也亂了！
春風！你爲甚吹動我底心？

*

春風！我底心動了，
你怎地又不動了？
這樣的困人天氣，
怎教我不沈沈入夢？

*

呵！你在我夢裏，卻又動起來了；
夢裏的她，又是鬢影蓬鬆了！
我躲在壁壘森嚴的夢裏，你還要來亂我心曲？
春風！你爲甚反反覆覆地把人作弄？

*

一會兒我也惱了，
她也不耐煩了。
她一手翦下了雙鬢青絲，打作綵兒，綰住了我底心曲；
省得你不安分的春風，無夢無醒地吹得人撩亂。

一九二一，二，二五，在杭州。

# 淚泉之井

我底心窩，是一眼通恨海的淚泉之井；
我底雙眼，是兩個汲淚泉的轆轤。
井是永遠地滿著；
轆轤是輾轉地牽著；
淚泉是淋漓地灑著。
恨都牽作淚，
淚又灑成河，
河還流歸海。
這樣循環不絕地滿著牽著灑著流著，

海也不得枯，
泉也不得乾，
轆轤也不得停，
井也不得靜。

*

精衞呀！你別儘塡海呀！
你銜了石，先碎了我底轆轤，塡了我底井呀！

一九二一，二，二五，在杭州。

# 生命底箭

世間最緊嚴堅實的東西，
沒有更過於那一重當著人生面前的厚壁！
不論甚麼強烈纖細的光線，
也照不透它底祕密。

*

但是無數的生命底箭，
卻沒有一支不把它洞穿而不見。
那麼，世間最精銳尖利的東西，
沒有更過於那無數洞穿厚壁的生命底箭！

一九二一，三，三，在杭州。

# 龜

——爲任君茂梧題畫——

古人說你靈，
你卻這樣蠢；
蠢倒也罷了，
又齷齪得很！

＊

你大肚彭亨，
好像個財神。
但身沒半文錢，

說甚麼富國裕民！

*

你全身披掛，
好像個軍人。
但動輒勾頭縮頸，
說甚麼衝鋒陷陣！

*

你雍容雅步，
好像個老官僚闊鄉紳。
但不過曳尾塗中，
說甚麼顯威風拿身分！

*

你不曾勞動，
卻傚倖生存；——
這種墮落的生涯，
也算得掠奪階級底標本！

一九二一，三，四，在杭州。

# 生和死底話

『死呀！
你能告訴我你那兒的祕密嗎？
我明白了，
也許上你那兒來游歷』。

*

『生呀！
我無庸把這兒的祕密告訴你；
因爲你游歷底程途，
畢竟要把我這兒作目的地』。

『死呀！

人都稱你爲有往無返的城，果然嗎？

我想你也許是無上的樂園，

能教人樂而忘返』。

『生呀！

我果然是有往無返的城。

但是無上的樂園不是，

除你親來經歷，卻也無從證明』。

一九二一，三，四，在杭州。

# 包車的杭州城

丁——當……丁——當……

包車來，包車往。
坐車的大模大樣，
拉車的橫衝直撞；
坐車的身軀晃蕩，
拉車的氣概昂藏。
車背後跟著一羣小孩子，一聲聲地亂叫：
『倒！打！倒！打！
『倒光！打光！

『抵！當！抵！當！
『抵光！當光』！

*

丁——當……丁——當……

包車來，包車往。

坐車的甚麼人？——

不是員，就是長：

議員議長局員局長所員所長科員科長行員行長處員處
長教員校長……

更添些洋人軍官紳士財主富商，
醫生律師教士官眷士娼……。

丁——當……丁——當……丁丁當當，

把一座杭州城，
無夜無明地鬧得像一口大鬧鐘，一隻大八音匣子一
樣！

*

『喂！拉車的！
你這樣起早熬夜，衝寒冒著，
不管堅冰烈日，雨雪風霜，
只是拚命地跑，飛風地跄；
空下來還要雜差粗做整天忙；
到月底到底算得怎麼一盤帳』？
『咳！可憐哪！
喫飯拉，至多六塊；包飯拉，也不過九塊大洋。

自身也管不了，還講甚麼妻子爺娘」！

一九二一，三，七，在杭州。

# 春雪

好容易抽了些芽，
　開了些花。
算仗那一輪暖日，
　幾拂和風，
作成了少許的韶華，
把嚴冬景象陽春化。

　　＊

誰料昨夜五更頭，
縠子撒如沙，

雪花兒跟著一陣一陣地下。
暖日和風，
一齊放了寒假，
回了它底老家；
讓寒飇捲將凍雨，
重來稱霸。
把那些嫩怯怯的芽兒花兒，
重重地一頓打，
都給它蹂躪煞！

*

努力地抗它，
耐心地等它吧！

看明朝，銅鉦似的太陽重向樹頭掛；
難道它還能盤據著鎮壓著，
強把那春光按捺？——
就讓它一霎地把權拿，
可憐也不過這一霎；
到底有甚麼可怕？

＊

啊！可怕的卻是那些株守著嶺北山陰的，
甘心埋沒在它底勢力範圍之下！

一九二一，三，七，在杭州。

# 「送花是表示愛情的」？

「送花是表示愛情的」，
愛情果然花也似的嗎？
不多幾日，花就萎了，
愛情也不過如此嗎？

*

花萎了，
愛仍在。
愛情是永久的心上之花，
怎許把暫時的花來代？

一九二一，三，八，在杭州。

## 失戀的東風

慣把人吹醉了的東風，
不知怎地連自己也狂醉起來了！
你看她儘戀著將落未落的花瓣兒，
抱著她不住地吻著。

*

花瓣兒羞了，
翩翩地向西飛去了；
東風急了，
拂拂地也向西追上去了。

花瓣兒在前，
東風在後。
在前的儘飛，
在後的儘追。

*

東風追得緊了，
花瓣兒也急了，
向下一避，
飛下湖面去了。
湖面的微波，
暈著渦兒，
展著眉兒，

嫣然微笑地歡迎她。
她也戀著微波，
再也不肯起來了。
東風惱了，
鎮日地鼓著氣，
向微波噓噓地吹著，
想捲起花瓣兒來。
微波只是嫣然地笑着；
花瓣兒也只在微波底懷裏，
很甜蜜地睡著；
不管那狂醉的東風惱著。

一會子月兒從東邊上來了，
彷彿在後邊笑喚著東風道：
『吹開了她的是你，
吹謝了她的也是你；
現在她卻戀著微波去了。
這還是你造了吹謝了她的業，
才作成了落花流水底因緣。
如今你也別再戀著她了；
還是我這老作侶，
和你追隨著吧』！
東風醒了，
果然撒下了花瓣兒，

重記起月兒來了。
但還只是匆匆地向西奔著，
月兒也冉冉地向西跟著。
東風在前，
月兒在後。
在前的儘奔，
在後的儘跟。

*

東風倦了，
月兒趕上了。
卻又迴過臉兒來，
彷彿在前邊笑喚著東風道：

「趕上來喲，東風！
我和你同上西海之濱沐浴去游泳去喲」！
但是東風畢竟倦了，
沒氣力了，
儘趕……儘趕……畢竟趕不上去。
月兒也惱了，
獨自向西飛去，
一閃身兒不見了。
剩下孤另另的東風，
還凝凝地獨自向西沿趕著。

＊

湖面的微波．

擁著睡在懷裏的花瓣兒，
向東風冷笑著道：
「羞喲！
花也不戀你了，
月也不戀你了，
你還癡癡地獨自向西空趕著做甚」？
東風禁不起馳底冷笑，
虎虎地亂舞亂吼起來了。
越是東風虎虎地亂吼著，
微波也越是呵呵地狂笑著。
微波在前，
東風在後。

在後的儘吼，
在前的儘笑。

一九二一，三，一八，在杭州。

## 一絲絲的相思

一絲絲的煙，
一絲絲的雨，
縱縱橫橫斜斜正正地織成一幅新樣的春愁。
電剪裁來，
風針刺去，
把相思繡出，更仗著一絲絲的織柳。

*

這一幅打在春愁樣上的相思稿子，
攝歸眼底，

映到心頭。
才上心頭，
更攢上眉頭，
把春愁重量壓得眉頭皺。
不但眉頭，
這一絲絲的相思，
直把全身的骨頭沁透。

*

如此刻骨相思？
不把它繭兒似地一絲絲地抽盡了，
怎教人禁受？
這抽出的一絲絲，

更爵也似地搗作齏塵，蓮也似地拗成寸寸，
教它只剩些爐底寒灰，溝中殘垢。
但這些寒灰殘垢，
也難保不重化香泥，
栽培出一樹最相思的紅豆。

一九二一，三，一九，在杭州。

# 夜宿海日樓望月

仰看天上，
月高我低。
月在城東，
人在湖西。

*

俯看水底，
月低我高。
月在湖心，
人在山腰。

*

一人一月，
一天一水；
方位顛倒，
何來絕對？

一九二一，三，一九，在杭州。

# 明日春分了

檢花閒日曆，
明日春分了，
料應有一半春光到眼。
等明朝早起，
問訊春光，
可曾到了一半？——
算落了桃花，
開過棠梨，
放到薔薇，

廿四番風剩九番。
問今年早暖，
不算春寒，
爲甚地花開還比人歸緩？——
這無非量春的心地被春愁裝滿，
才覺得愁比春深，
春還有限。
待卸下春愁，
掃空心地，
準備把春光精探密算。
但過去的不留痕，
未來的不見影，

只憑這現在的花信，
又怎測得春深春淺？

一九二一，三，二〇，在杭州。

# 夢短疑夜長

剛睡了——就夢，
剛夢了——就醒，
剛醒了——又夢。
如此夢夢醒醒，醒醒夢夢，
不過一個黃昏，
早被夢兒堆得疊疊重重。
到三更五更，
不知更幾度惺鬆，
　幾回懵懂？

料這劃作睡神領土的十二時，
只拚著讓那一節節的夢兒，
擠得沒有些兒空。

*

夢之神呵！
你爲甚把夢兒劃得恁短？
「這不是我底夢短，
這是夜之神儘擴張她底占領線。
夜長了，才覺得夢短。——
不信呵！儘你把夜間一秒一秒地去算」！

*

夜之神呵！

你爲甚把夜開展得恁長？
「這不是我底夜長，
這是夢之神儘草創她底急就章。
夢短了，才覺得夜長。——
不信呵！儘你把夢兒一個一個地去量」！

*

夢短呢？夜長呢？
夢短了——疑夜長，夜長了——疑夢短呢？
這長長短短底爭端，
也不是算算量量，
能得到準準確確的評判。
只有做夢的夢中清楚，

醒後迷濛，
半明不白地作主觀的獨斷。

一九二一，三，二〇，在杭州。

# 春意

一

春意濃如此，
誰還禁得來？
東風偏懵懂，
不肯放花開。

二

試探花心事，
含羞不作聲；
憑她瞞得緊，

漏洩滿春城。

三

深知花祕密，
第一蜜蜂兒；
除釀春成蜜，
從無吐露時。

四

昨夜無聲雨，
瞞人下一潮；
曉來藏不過，
滴滴在花梢。

五

忙煞雙蝴蝶，
花間空往來！
不如蜂有蜜；
創作之天才。

六

要借絲絲柳，
來量春淺深；
柳絲抽盡了，
量不到花心，

一九二一，四，四，在杭州。

# 一個她底話

兩心不能一，
一情不能兩。
我願長相思，
願你長相忘！
我若不相思，
我心裏更將誰安放？
我願生抱相思眠，
　死抱相思葬！
你若不相忘，

你心裏何處更將她供養？
願你幷把相忘忘，
別作相忘想！

（一九二一，四，一五，在杭州）

# 雨裏過錢塘江

幾潮急雨幾聲雷，
南面雲封北面開；
兩岸青山相對坐，
一齊看我過江來。

一九二一，四，二七，在錢塘江舟中。

## 西渡錢塘江遇雨

風緊片帆飛舞，
人在江天闊處；
昂頭四顧，
雨——雨——雨。

*

西北一路雨，
剛到六和塔下住；
西南一路雨，
料向浦陽江上去；

東南一路雨，
挾著迴潮，把龕子墪吞吐：
三面三路雨，
中間留一路。
風來雨未來，
讓我從容渡。

•

渡——渡——渡，
剛到江船步；
雨顆大如珠，
一霎打頭如注。
來從哪一路？——

六和塔下，雨腳斜飛幾縷。

*

去也雨，
來也雨。
來去總淋漓，
怎不許晴乾一度？
也非不許，——
也許是有意催詩，慰我這獨行踽踽。

一九二二，五，三，在錢塘江舟中。

# 舊夢之辜

# 舊夢

一

舊夢，
似乎常在心頭；
但好的不多，
有幾個値得重温一下？

二

大地，
不平如此；——
眼孔太小吧。

作彈丸看，

有甚麽不平？

三

幾乎錯疑是淨土了，——

白雪，

暫時掩蓋了地面的穢惡！

四

愛喫果子。

才栽花嗎？

怕蜂兒沒有蜜，

才栽花嗎？——

未必吧！

五

最能教人醉的：

酒吧，

青春吧；

但總不如夜深時琉璃也似的月色。

六

我是一塊隕石，

一墮地就無光了，

生命在旣墮以前。

七

假如滄海不成鹽而成蜜，

蜂兒不是多事嗎？

八

梁間，
反正是空著的，
何妨讓燕子來營巢？
幾曾見梁間燕子，
向屋主付過租金呢？

九

靈魂底頂上，
繫著輕氣囊；
靈魂底脚下，
墜著重鉛毬：
飛升呢？

墮落呢？

十

心花，
不論凡猥之境，
　聖潔之所，
一樣能放，
因爲有熱血灌溉著。

十一

盲人底夢裏，
也許不盲；
如果猜得不錯，
我勸盲人不如長住在夢裏吧！

十二

監獄裏的生活，
枷鎖下的身軀，
漸近於自由，
只有這一條路。

十三

沒人下種的草，
徧地都是；
難道都是荊棘嗎？
也有芳香的。

十四

鄉村中的青山，

見慣了，
似乎反不及都市園林中，
幾壘假山底名貴。

十五

唯一的戀人是誰？——
死之神啊，
終有一天和你接吻。

十六

夜雖然呑沒了太陽，
也還弄些半明不白的月兒，
和零零碎碎的星兒來搪塞；
最可惡的是甚麼？——

風雨。

十七

風啊，
你爲甚麽狂吼？
不平則鳴，
難道只有你？

十八

未來底偶像呵，
「但爲君故，
沈吟至今」！

十九

無底無邊的大海裏，

忽然起一個小小的泡；
泡還沒有滅哪，
誰懷疑泡裏的宇宙？

二十

如果我是嬰兒，
我睡在誰底懷抱裏呢？
父親雖不冷酷，
但也許不及母親底溫和吧！

二十一

夢是夜來的不速之客，
慣在不曾下請柬時來。

二十二

恆河沙數的羣星，
沒來由地妝點這宇宙，
畢竟有甚麼不得已？

二十三

時間是奇怪的軌道，
只許開前進的車，
誰也不能向後退。

二十四

西湖底微波，
是美人底巧笑？
錢塘底狂潮，

是武士底暴怒？——
不，
造化偶然的創作吧！

二十五

貪洗海水澡的羣星，
被顚狂的海水幌盪得醉了；
擁著赤裸裸的明月，
突然跳舞起來。

二十六

最重的一下，
扣我心鐘的，
是月黑雲低深夜裏，

一聲孤雁。

二十七

相思之燈，
用戀愛之火燃著，
相互地照徹心靈深處；
但燃料是甚麽呢？——
青春之酒。

二十八

當旁人不知道有祕密時，
何曾有祕密？
當旁人知道有祕密時，
何曾還是祕密？——

祕密之花，
沒有不植於公開之園的。

二十九

泥中呢？
水面呢？
誰作主呵？——
風是落花底司命。

三十

微倖之果，
汁最甘，
氣最芳，
性卻最毒；

戕賊底力重，
包藏於誘惑底香味中，
能教人死而不悟！

三十一

記起來了，
生平最苦悶的，
是兩目俱盲的夢裏；
光明底價值，
直逼得靈魂底深處，
發出一聲狂喊。

三十二

浮雲，

慣用冷眼看人；
變幻無常，
正是它描寫人間的作品。

三十三

過去底不祥，
用改造來袚除；
過去底汚痕，
用刷新來洗滌；
過去底缺陷，
用猛進來塡平：
但這都是懺悔之花底果實、
不是怨恨之樹底枝柯

三十四

有意義的死，
是長養自由的肥料；
不然，
培植不出一窮自由苗來，
縱使死的千千萬萬。

三十五

人生底慰安，
不是當前的現實；
生命之海底航行，
新大陸在未知的彼岸。

三十六

少年是藝術的，
一件一件地創作；
壯年是工程的，
一座一座地建築；
老年是歷史的，
一葉一葉地翻閱。

三十七

文學家，
誰能不帶羅曼氣呢？
羅曼的精神，
是文學底生命。

三十八

水底綠，
是借的山光吧？——
但山底綠不是這樣。
霞底紅，
是偷的日色吧？——
但日底紅不是這樣。

三十九

倘然胸中的磊塊，
是空中的雲也似的，
倒也容易消磨。

四十

水面的浪，
是因風而起的；
但浪何嘗不助成風勳呢？

四十一

酒醒夢回時，
是甚麼滋味？
何况曉風殘月，
撩人心緒？

四十二

最能使人相思的是月夜，
其次雪夜，

其次風雨之夜。

四十三

死如果是有領域的，
它底國土一定無邊，
永沒有人滿之患。

四十四

夜永遠是祕密的新婦，
罩著重重的面冪；
有時雖然揭去幾重，
但終不全露她底眞面目。

四十五

空中無數的游星，

她們忙些甚麼呢？——
似乎失去生命了，
正在那兒追尋哪！

四十六

幸虧雪還是比較地緩和的，
零零碎碎地下；
不然，
不但凍，
人也壓死了，
如果整塊地下來！

四十七

能永久醉人的，

只有藝術之酒；
但也要看人們底酒量怎樣。

四十八

嬰兒底天眞，
和紅日下的白雪一樣，
畢竟要漸消漸滅的；
但也許有高山頂上的永在。

四十九

戀愛是相互的藝術底作品，
雪毬似地越滚越大，越塑越俊的。
戀人不過是一個核心。

五十

影子，
你爲甚麽儘依傍著人，
不愛離人而獨立呢？

五十一

夢如果是靈魂底世界，
愛做黃粱夢的，
連靈魂也墮落了；
幸虧還有一醒！

五十二

明鏡，
她常常欺騙我，

説裏面的影，
就是外面的形。

五十三

自然底沈默，
使人領會的力量，
比一切語言文字都強。

五十四

催人早起的，
是好鳥宛轉的歌唱；
但也要不樂睡魔纏擾的，
才聽得進去，
怎奈昏迷不醒的人何！

五十五

從不曾瞧見過我底眞面目，
卻從不曾懷疑我底有無；
究竟這個人人都有的我，
是幻覺？
是錯覺？

五十六

不睡的我，
怕深夜的柝聲，
杵也似地搗我底心坎；
沈睡的我，
盼殘夜的雞聲，

颯也似地振我底心翼！

五十七

任甚麼空際飛行，

　海底潛行，

怎及得思想之艇，

不仗著機械的飛潛，

卻非常地快捷！

五十八

月在天，

雪在地，

人在玉盒子裏；

最好此時此際，

影子也教它回避！

五十九

風吹得滅的，
只是星星之火，
可奈燎原之火何！——
火到燎原，
風沒有不反作火底助手的呵！

六十

文學是有催眠性的；
文學家支配社會的魔力，
比宗教家還大！

六十一

自己底鼾呼聲，
喚不醒自己，
却能攪擾旁人底清夢。

六十二

當柳絮沾泥，
飛不起來的時候，
柳枝不忍地喚道：
「你們都被汚了」！
但是柳絮惱著說：
「你怎地侮辱我們呀」？

六十三

水底本性，
原是很愛和平的：
怎地有時浪起了？——
風不許它和平；
怎地有時潮來了？——
月不許它和平。

六十四

大理石裏邊，
藏的無數寫生的圖畫，
這是誰底藝術？

六十五

案上幾拳不變的奇石，
何如天空善變的浮雲？
囊中幾粒有限的紅豆，
何如天空無數的繁星？

六十六

小草，
你妝飾了富貴人家底庭園，
卻受夠了他們底芟夷和蹂躪！

六十七

人們割了蜂兒底蜜，
不管蜂兒底飢饉，

蜂兒怎不罷釀呢？

六十八

我也知道晚霞不及朝霞底清麗；
但這邊的晚霞，
和那邊的朝霞，
不是一片嗎？——
只爭一面看作落日的，
一面看作初日。

六十九

罌粟底毒性，
自然埋沒不了她底豔質；
但她底豔質，

也掩蓋不了她底毒性。

七十

假如我是火星上的人類，
用著很精的望遠鏡，
窺測地面人類底鏖戰；
和用著顯微鏡，
窺測微生物底生存競爭，
有甚麼兩樣？

七十一

夢中的世界，
是絕對私有的，
誰也不能相共。

七十二

和親戚故舊談不得天了，
彷彿錯回到前生似的，
原來思想也有輪迴。

七十三

活動，
是生命力底表現；
但體會生命底存在，
卻在靜中。

七十四

哪兒有乾淨土呢？——
耶和華眞不中用，

空降了一場洪水，
依然洗不淨地面。

七十五

有些人是瘟的；
有些人是醉的；
有些人是病狂的；
有些人是夢囈的；——
幸而只是有些人，
萬一只有我呢，
不瘋不醉不病狂不夢囈的？

七十六

一夜春雨，

綠了多少田疇；
一夜秋霜，
黃了多少林壑：
如此神奇，
怎不教畫師們慚愧！

七十七

青天白日之下，
認識我心底光明；
轟雷掣電之下，
認識我心底勇猛。

七十八

北極曉呵，

我讚美你；
你這幾閃紅光，
創造出黑暗裏的光明，
　地獄中的生命。

七十九

歸墳墓去吧，
這許多行屍走肉，
爲甚占領著活人底世界，
妨礙人們底生存？

八十

人們慣說：
『種瓜得瓜。

種豆得豆」;
但何以種愛情的,
只得著痛苦呢?

八十一

一聲聲的春雷,
喚醒多少沈歷的蟄蟲,
卻驚不破羲皇上人底好夢。

八十二

流水,
沒有住相;
但止水又何曾有住相?

八十三

地上太腌臢了，
為甚麼不移居金星呢？——
一半是捨不得明月。

八十四

全宇宙是藝術之海，
詩人在藝術海中沐浴著，
揮灑出幾星泡沫來。

八十五

新月殘月，
一樣可憐；
但新月是嬌小的可憐，

殘月是憔悴的可憐。——
團圓前後呢？——
卻未免帶點癡肥的可厭。

八十六

我還該祝我善哭吧，
如果滴滴的淚，
眞是顆顆的明珠。

八十七

大膽的燕子，
偷偷兒來了，
又偷偷兒去，
都不曾得我底許可。

八十八

游魚似的詩句，
在心湖裏候著詩人下網：
偶然覓得，
是可喜的捕獲；
偶然忘卻，
是可惜的遁逃。

八十九

人底藝術，
還容人獨占，
還容人祕藏；
只容人看不容偸的，

造化偉大的藝術。

九十

戀人底小影，
只有戀者底眼珠，
是最適當的框子。

九十一

與其向夢裏尋詩做，
何如向詩中尋夢做呢？

九十二

生離死別，
雖然是悲劇底好題材，
然而局中人太難堪了！

九十三

我解不得玉連環，
難道玉連環能夠解我？

九十四

海要是沒有波濤，
闊罷咧．
怎算得壯呢？

九十五

這是虹底迴光倒景哪，
別作落日看吧，
虹早下去了。

九十六

睡是止眼睛底渴的；
但眼睛是很饞的，
充飢的是甚麼呢？——
藝術底賞鑑，
風景底流覽，
好書底閱看。

九十七

值得人一讀的，
只是佳文；
值得人一哭的，
纔是奇文。

九十八

海爲甚麼有時洶湧起來？——
也許是看雲底樣吧！

九十九

黑暗擁抱著我呢，
赦我吧，
我禁不起你底恩寵！

一百

沈思，
最好是甚麼時候？——
太陽睡去以後，
明月醒來以前。

一百一

能做夢的，
誰也是創作者；
可是羅曼得很！

一九二二，二，六，在蕭山。

# 小鳥之羣

# 小鳥

一

小鳥，你何不一飛沖天？
儘在屋角簷頭，
噪些甚麽呢？
難道羨慕那籠中的飲啄嗎？

二

如果枷鎖鐐銬，
是一種榮典，
一定有些人以此驕人，

也一定有些人唯恐求之不得。

三

保抱扶持，
原是母親底責任。
但負責太過了，
也許妨礙嬰兒本能底發展！

四

在強烈的太陽光下，
能夠熟睡的：
不是服了痲醉劑，
也是失眠過甚的吧。

一九二二，三，一八，在白馬湖。

# 自记

# 撕碎了舊夢

——丁寧

再造

秋之淚

寶佑謠付印自記——

五年前的舊夢，如今把它撕碎了。舊夢中所寫出的舊夢之影，是五年以前的五年中的。

如果追溯那反射成這些舊夢之影的影外的夢影，更在五年以前底五年以前。那些舊夢之影底影外的夢影，在五年以前的五年中，已經成爲舊夢之影；當舊夢印成以後，舊夢之影也成爲泡影了。在舊夢之影底影外的夢影中，曾經有這麼兩句夢話：

泡疑有影難重覩，

夢到無魂可再銷。

如今的舊夢，正是如此；這寫出舊夢之影的舊夢，還不是撕碎了好嗎!?

並且，印成的舊夢，有些是模糊的，有些是零亂的，有些是顛倒的，有些是舛錯的，有些是駢衍的，有些是漏略的；它底排列，它底翦裁，它底妝束，沒有一點不給人們以不愉快的印象。印成的舊夢，這樣地使人不愉快；舊夢中所寫出的舊夢之影，也未必能給人以愉快的印象了。在舊夢之影底影外的夢影中，曾經有這麼兩句夢話：

貞璞何期呼作石，
焦桐寧復望爲琴！

如今的舊夢，正是如此；這寫出舊夢之影的舊夢，還不是撕碎了好嗎!?

撕碎了舊夢！決心地撕碎了舊夢！

雖然撕碎了，然而——

舊夢，

似乎常在心頭；

這些撕碎了的舊夢之影，不論是甜的苦的辛的酸的，畢竟是舊時生活底斷片，常常在心海中浮沈著，不能把它們完全泯滅了；而且，這些撕碎了的寫出舊夢之影的舊夢之紙，不論是完整的殘破的無訛的有錯的，畢竟是舊時生活紀錄底斷片，常常在眼簾中隱現著，不忍把它們完全摧燒了。於是，斟酌著，剔除了些，添補了些，移動了些，訂正了些，重新排列，重新翦裁，重新妝束，把撕碎了的舊夢，作成現在的——

丁寧

再造

秋之淚。

至於賣布謠，本來是舊夢底餘影，在舊夢中已經是另成一羣的；撕碎了舊夢以後，也依舊使它另成一羣了。

舊夢，

似乎常在心頭；

但好的不多，

有幾個值得重溫一下？

不敢說撕碎了舊夢以後，這些留著在丁寧再造秋之淚中的，都是好的舊夢，都是值得重溫一下的舊夢；但是雖然不都是好的，卻都是舊的；雖然不都是值得重溫一下的，卻都是常在心頭的。

五年前的舊夢，如今把它撕碎了；五年前的五年中的寫出舊夢之影的舊夢，如今把它撕碎而作成現在的丁寧再造秋之淚了。”此後要重認五年前的五年中的舊夢之影，在丁寧再造秋之淚中了；要重認五年前底五年前的舊夢之影底影外的夢影底反射，也在丁寧再造秋之淚中了。

一九二九年十一月一日，大白在首都。

民國十八年十一月初版
民國十九年八月再版

[illegible]丁[illegible]

[illegible]

不許翻印

著作者　劉大白
發行者　開明書店
排印者　美成印刷所

發行所　上海福州路九五號　電報掛號七〇五四　開明書店
分售處　北平楊梅竹斜街　廣州惠愛東路　開明書店